湖山语

吴沛 著

图书在版编目（CIP）数据

湖山语 / 吴沛著. -- 重庆：重庆出版社，2024.
10. -- ISBN 978-7-229-19061-3
Ⅰ. I227
中国国家版本馆CIP数据核字第2024N82J37号

湖山语
HU SHAN YU

吴　沛　著

责任编辑：吴向阳　程凤娟
责任校对：陈　琨
装帧设计：鹤鸟设计

重庆出版集团
重庆出版社　出版

重庆市南岸区南滨路162号1幢　邮政编码：400061　http://www.cqph.com
重庆升光电力印务有限公司印刷
重庆出版集团图书发行有限公司发行
全国新华书店经销

开本：889mm×1194mm　1/32　印张：6.25　字数：200千　插页：2
2024年10月第1版　2024年10月第1次印刷
ISBN 978-7-229-19061-3
定价：68.00元

如有印装质量问题，请向本集团图书发行有限公司调换：023-61520678

版权所有　侵权必究

吴沛，曾用笔名哑铁，重庆人，现任重庆市武隆区社科联主席。中国作家协会会员，重庆市作家协会全委会委员，重庆市武隆区作家协会主席，《重庆诗刊》联席主编。诗歌和散文发表于《中国作家》《诗刊》《星星》《山花》《散文百家》等数十种文学期刊，入选多种诗歌选本，出版诗集《隔窗听雨》《酒和宋词之间的时光》。获重庆文学奖等多种奖项。

这些不规则的孔洞

是山风的形状，是山风将自己

移入寡言的石头里的形状。

其实，山风永远都不会知道

它们从石头里取走的

正是石林身体上缠身的累赘。

　　　　　——《山风穿过石林的肋骨》

目
CONTENTS
录

辑一　流逝

2-　河　滩
3-　鹅卵石
4-　冬　阳
5-　春风吹过鬓角
6-　回乡记
7-　饮茶记
8-　胡　杨
10-　燕　巢
11-　假　日
12-　河　流
13-　盆景：红枫
14-　流　逝
15-　红火棘
17-　一只蝴蝶
19-　鸽　群
20-　独处的白云
22-　雨　天

23— 晓风入怀

24— 看　云

25— 山风穿过石林的肋骨

26— 云深不知处

27— 惊蛰听春雷

28— 一个人的春天

30— 在湖岸

31— 短视频

33— 《十面埋伏》群塑

34— 石笋：玉兔望月

35— 一朵李花里的春天

36— 油菜花的金黄是梦的色彩

37— 湖泊里有白云卷起的浪花

38— 皲裂的手背

39— 城市灯火

40— 清　晨

42— 春天的森林

44— 旧　地

46— 端午遇雨

48— 病床上的父亲

50— 陪父亲散步

51— 病　床

53— 暗　处

54— 布满尘垢的"奢侈品"——母亲周年祭

56— 秋雨之思

57— 风声抓紧大地

58— 万物将悲伤推出了眼眶

59— 植物学

61— 墓志铭

63— 永远的果园——悼傅天琳先生

辑二 秋江

66— 机械巨臂

67— 山　顶

68— 汨罗江笺词

70— 高压铁塔

71— 山村电工

72— 龙水峡地缝

74— 江上烟波

76— 雁　阵

77— 秋叶之舞

78— 秋　江

79— 金溪沟，蜜蜂与花朵

80— 晚风中的轻愁——致画家游江

81— 在脱贫户谭登周家

83— 旧台灯

84— 威武山黄昏

85— 故　事

86- 跨岩索桥

88- 大洞河峡谷

89- 竹海小径

90- 与龙则河先生谈酒

92- 秋风漫过山村

94- 苗寨山歌

95- 苗王山

96- 寒　风

98- 流　水

99- 神　话

101- 狗耳峡遇大雾

102- 小狗"点点"

103- 竹　海

104- 陈年酒窖

105- 黄精，安静的中药材

106- 晨曲：河流与村庄

108- 柔竹海

109- 山村电网

110- 一群白鹤飞过江面

111- 锅圈岩纪事

113- 威武山观景

114- 华溪村主题邮局

115- 大溪河口

116- 云雾中

117- 寻泉记

118- 寻茶记

120- 寻酒记

122- 寻陶记

辑三　湖山

126- 写下桃花

127- 东津沱

128- 除草记

129- 黛　湖

131- 听彝人歌手比布文才演唱

132- 缙云山怀古

133- 流星石

134- 假日办公楼

135- 钓鱼城

137- 红豆树

138- 尖峰岭

139- 高处的事物

140- 油菜花田

141- 绝顶日出

143- 梨　花

144- 偶遇茶花

145- 山坡上的羊

146- 瀑汀小憩

147- 耕牛记

149- 湖心亭

150- 野地紫云英

151- 花　径

152- 蓝色湖泊

154- 窗　户

155- 致敬陶行知

157- 龙洞小学根雕展

158- 龙洞小学线编展

159- 黄莺河谷

160- 鲟鱼养殖场

161- 黄莺大峡谷

162- 七窍门度假岁月

163- 稻花香里即景

164- 颓垣我醒园

165- 竹　溪

166- 大河独行

169- 大田古村落

172- 云朵飘过谭家村

175- 江口古镇

181- 湖光书柬

辑一

流逝

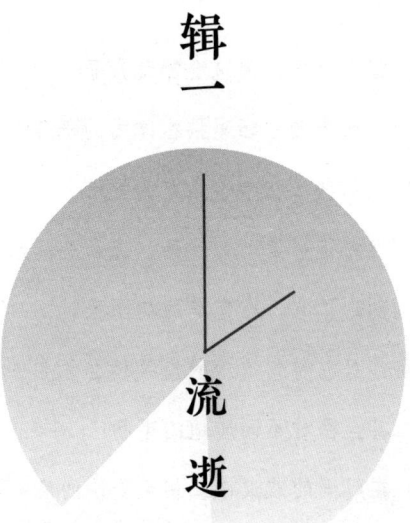

河 滩

很多时候，河流会挪动身子

让阳光晒一晒裹挟在体内的砾石

或那些卡在十字路口的骨钉

河滩是最灵动的沙画，流动的河水

创造了它。在完美的构图里

你可以看到流水的指纹和思考

甚至两种不同质地的事物

在时间的波浪中，相互妥协的痕迹。

天空也是一望无际的河滩

它有精美的图案，风代替河流

将云彩和日月星辰，堆积在

浩瀚穹隆之上。而繁星闪烁的银河

则只在晴朗的夜空出现

它有可能是被雷霆和闪电

刻意遗弃在河岸上的小片滩涂。

鹅卵石

鹅卵石裸露在河岸。世界上
居然有这么多不愿随波逐流之物
即使暴尸荒野,也要用唯余的硬骨
与流水抗衡。如果流水胸中
有了块垒,它会选择稍作停顿
或者绕道而行。冥顽不化的鹅卵石
可能会令河流中的微澜无所适从
但它也许可以分出很多条径流
切割、分解、包围那片沙洲
如果你站在遗世独立的鹅卵石中
会发现我们骨头里的钙质
正在一层层剥落,并快速沙化。

冬　阳

寒冬退去之前最后的烛焰
星辰在茫茫长宵中点亮的火光
雪花融化时的一声呼哨
山川举过头顶的莫名战栗。

飞鸟在草木间啼鸣
抖落一缕弱不禁风的绒羽
一块温暖的旧棉布
覆盖着凄清冷寂的大地。

春风吹过鬃角

春风吹过鬃角,梳理二月的发丝。
成片松林或灌木丛含笑而立
它们递过来的山路,像一张柔软的面巾
铺展着绵密的情意,伸向远方。
林木间,山花零星开放
这些天外来客,是银河撒下的星子
为整座林海举着雪笺般的春天。
我们在草地上漫步,踩着春光的节奏
有花朵的世界,一切都静止了。
明丽的事物总是散发着迷人的魅力
当人的心融化后,也是这样。

回乡记

老黄葛树的枝叶
紧紧地抱着它老迈的躯干
风经过时,似乎抱得更紧了
一地黄叶卷着岁月的惆怅。

我在树下独坐
老黄葛树一脸茫然
离家多年的我与它一样
虽然乡音未改
但是,鬓毛已衰。

饮茶记

易碎而透明的深井
握着它,手里就有了一片内湖
茶色奔突的微澜
驱动万千沉睡的箭羽。

立体的,悬在世界表面的
独立宇宙
茶芽的呼救声也是静止的。

当无边春色沉入湖底
仿佛不是用来啜饮
而是一群向天噪鸣的鹏鸟
突然被命运松开了翅翼。

胡　杨

以树的名义活着或死去。
你活着的时候，仅仅是一棵树
一棵被古老苍穹
遗忘在浩瀚沙漠中的树。
而当你死去
灵魂，将从茫茫沙暴中醒来
从大风随意移动的
沙的雕塑中醒来
从时间之手
抚过的惆怅和创伤中
醒来——

风穿过婆娑的枝叶，当你活着
沙漠中，再也没有比你
更宽广的襟抱，安放岁月的死寂。
你死去之后
灵魂凝固，密不透风

它比树本身，更加坚挺孤傲

你已没有多余的身外之物

可以交给风

让它在时间之殇中肆意萃取。

你屹立不倒，一千年，一万年

甚至更为久远——

攥紧邈远时空的低低啜泣

像神的谶言

你死后，灵魂将从此永生。

燕 巢

老家屋檐下,燕子筑起很多巢穴。
这些高悬的燕巢
是燕子建在乡下的行宫
——春天的行宫。

如今,在这深冬
呢喃的燕子已踏上南迁的旅程
留下的空巢,像一盏盏孤寂的灯
在无尽的茫然中亮着。

日渐衰老的父亲也像那些燕巢
在时光里擎着灯盏
他的眼中,始终有一群燕子
在晚年寂寥的岁月飞动。

假　日

它是365天中的一小块平地
一枚楔入时间裂纹处的钉子
滴进生活幽谷里叮咚的水声。

玫瑰花开了，阳光正好
轻轻蠕动的世界消磨着意志。
如果四季以流水的方式运行
这块"颓废"的礁石
微微露出水面，带着盈盈笑意。

没有暴力，野兽匿去踪迹
而猛禽，也敛紧了躁动的羽翅
我们像冰壶滑过自己的赛道。
遐想间，燕子从眉梢飞出
仿佛未来，也沿着这弧线在飞。

河　流

晨曦初临。它有古老的源头
河源，幼婴一样鲜亮
山川星月赋予了它神性。

带着光跳跃，星光、月光、日光
一切可见的和不可见的
甚至抽象的、虚拟的光亮
逝者如斯夫——
这是人类沉思后反射的光芒。

最深情的部分
喂饱了云朵和人畜
你看到的顺流而下的"野歌"
——暮色中的千秋诗句
是它缓缓流淌的歌吟。

它肢解、暗示、消融
像殉道者，不断掠过人性的荒原。

盆景：红枫

手捧落日和它的反光
木格框花坛微缩的疆域足够辽阔。

这古老的混血出生隐秘
惊艳从天而降，犹如一道闪电
指缝间，斜阳的余晖正簌簌滑落。

恒定的世界已松开太多细节
它站在风中，兀自为一个族群燃烧
枫树的叛逆者，从此背负一身殷红。

万物在时光的洗濯下永生
它举起落日，轻轻放在地平线上。

流　逝

万物有流逝之美。
一段段过往，在一帧帧旧照片中
醒着，它们睁大双眼。
小路翻山越岭，将瘦骨嶙峋的
前世今生和迷途的葱茏拖向野山。
风滑向指尖，一闪即逝
茫然的远方在追问中
弯下腰身，跪倒在无尽的绵延里。

我需要重新抓住流逝者的美学
缄默于万物的各安天命。
月光下，造物主的凉薄披散着
世间的隐秘因惊悸而微微晃动
光阴在头顶盘旋，一切固执之物
在不知不觉中，归于静寂。

红火棘

这些植物浑身桀骜
体内,尖硬的铁粒沙沙作响。
野地里,突然涌出的红火棘
像浮在暮色上的朵朵红云。
狼牙般的利齿,粘满浩浩苦寂
——独行者脚下的无尽苍茫。

它们撕裂过闪电与冰雹
秋空中皎洁的星月。红红的果粒
仿佛滚滚而来的红尘
诱人、炫目,但带着某种宿命。
当牙齿里的狼嚎声再度响起
一定有一颗流星坠地
一定有一束光穿过冥顽的冬天。

红火棘的尖刺总是磨刀霍霍
它们用这种方式

表达恨,同时也表达爱

在它们周围,山风、云雾、虫鸣

都反射着带刺的微光。

它们的尖刺刺穿鸟鸣和余晖

那些红果,孤寂地燃烧。

一只蝴蝶

必定有另一只蝴蝶

在山水中等待

但谁是你今生的梁山伯?

要多少种巧合

你才能成为

我画面里的祝英台

神秘之物,仿佛高过了白云

神秘之手

赐予我惊喜

飞入镜头那一瞬

你带来了芙蓉江峡谷的所有风光

阳光悬在半空

而你悬在两岸山崖之间

如果山水有了小小的裂纹

我猜,你就是那块

扑扇着翅膀的补丁。

鸽　群

一群白鸽飞过眼帘
带着百合花的秘闻和风暴。

它们燃烧体内的音乐,将水墨画中的
留白,一点点溢出镜框。或者
瞭望者眼中的休止符——
思考过程中,无法求证的空白。

世界太拥挤了,它们快速移动
搬运天空和色彩。近似虚无的白色鸽舞
深深地刺伤了我的执念,连鸽哨声
也是白色的,我为此而羞涩抱憾。

它们的飞行,扁平,带着疑问
而我则像被遗忘的一个漏洞。

独处的白云

一朵白云缠绕在山巅
只有一朵,稍显孤单寂寥。

天空高远
要么堆着阳光,要么堆着蔚蓝
还能有什么别的事物呢
我想,一定什么也没有
并且什么也不曾发生
除了空空的,毫无用处的思考
不然它怎么能被称为"天空"?

这朵云可能是那叛逆的一朵
它独自撇下阳光和蔚蓝
来到山巅,占据着人间的制高点。

整整一个下午
它纹丝不动,山已是它的一部分

背后的天空显出了些许不安

我坐在树荫下，与它远远对视

我的孤独也像一朵云

如果与山缠绕在一起，就有了山的沉重。

这个下午，简单，明亮

那朵云也许只是想独自待一会儿。

雨 天

天地之间,仿佛有无数悲凉
要涌出眼眶。它们抓紧雨丝状的寂寥
和一段重叠交错的旧时光
让一个人久久地陷在凸起的回忆中
欲罢不能。被雨水清洗后的辩词
有苍白的逻辑倒伏在某个黄昏
世界只剩下两节废弃的铁轨
通向往事缠身的古道长亭。

河流在自己的肉体上呼啸
它们不舍,内心充满无限惆怅
做一个思想者也好,在诘问中度过余生。
如果能分开日渐臃肿的身体
和目光交接的沉重,就到身患沉疴的
梦呓里小憩一会儿。但更多时候
我们不得不缩进生活的雨披
隔着一个又一个遥远时代
握手言欢,或互致问候。

晓风入怀

阒寂的山野,阳光透明
覆盖着草木与缄默的大地。

蒲公英心系远方
驾驭玲珑的飞行器
在微风中顾盼,梳理云鬓。

晓风入怀,浆果已经成熟。
寄居在虫鸣中的原风景
突然敞开了萧萧秋色。

此刻,哪怕一小缕人语
都会令你的灵魂莫名战栗。

看 云

一朵朵白云,很安静的白
仿佛刚从泉水中醒来。
在它们中间,旭日
只是微微颤抖的小小花蕊。
世界多么轻,云朵
一点一点向上升起
托着那一团玛瑙色泽的光。
它们在穹隆之上,眼眶里
蓄满一汪澄澈的蔚蓝
一旦云朵松开手臂
朝阳的花蕾必将在天空怒放。
烈日的白,云朵的白
来自同一个故乡。

山风穿过石林的肋骨

有太多不可见的事物
被山风取走了。山风不停地吹
它们随意雕刻,或者暴虐占有。
在石林体内,它们构筑巢穴
这些不规则的孔洞
是山风的形状,是山风将自己
移入寡言的石头里的形状。

山风在石头的肋骨里呜咽
它们在自己的雕刻里伤痕累累。
当我们在石林上攀爬
穿过山风藏身的隐秘之地
它们会突然用锋利的牙齿
快速取走我们身体的一部分。

其实,山风永远都不会知道
它们从石头里取走的
正是石林身体上缠身的累赘。

云深不知处

云有多深,它们会让人
在一段润湿的故土深深沉迷。
云从心底飘出来
它们无处不在,从心空到天空
故乡被勾勒成一幅水彩。

一枚枚蚕蛹在乡愁上吐丝
它们吐出千万个故乡
这些不断用白云缚住身体的蛹
抽出一缕缕面色沧桑的乡思。
云深不知处。云的一生
是从蚕蛹变成蚕茧的过程
是离开故土后变为游子的过程。

惊蛰听春雷

午夜,春雷在天幕滚动、炸裂
仿佛有古老先知
布撒着神秘预言。

时空浩渺,夜的波涛在翻涌
节令已到了惊蛰
虫鸣声正破土而出。

农事鲜亮,春水汤汤
生命的秘史被一卷卷摊开
草木拔节,惊雷声
在万物体内隐现。

一个人的春天

绿草地多么柔软

它让爱和絮语具有丝绸的质感。

此刻,一粒微尘是多余的

抒情是多余的,伪饰的诗歌也是。

这绿,必须用泛滥一词加以修饰。

时间仿佛刚刚降临,充满幻觉。

今天,在春天的中心

你是唯一的天使,美啊,美得炫目。

这绿草地只属于你

属于你的风姿绰约,和似水的柔情。

飞鸟在绿草地跳跃,它们的爱情在鸣叫。

一个春意盎然的人

爱着另一个春意盎然的人

他要将内心的流水化为纳兰词。

如果,用春的绿笺写一封信给你

一定有鸟鸣声破纸飞出。

白鸽花的馥郁在空气中荡漾。
爱多么庞大,世界安静得没有边际
大地葱郁,百花吐蕊,万物生生不息
有了爱,就有了光
这首诗里,有写给你的整个春天。

在湖岸

木船在波浪的心迹里寻找缝隙。
水面开阔,密集的皱纹像在试探
这隐秘之径,注定稍纵即逝
不可还原,亦不可向谁倾诉。
天空跌落,摇晃着破碎的光影
山川一袭青衣,飞身跃入这翠湖
鱼群在折叠的峰峦自由攀援。
这被人再次曲解的水世界
荡漾的爱意,略带寂寥和烟雨。
具象和虚象,是万物的两个反面
我沉思,而湖面则充满幻想
这被湖水洗浴的思考,反射光
和沉入水底的未知。高低错落的
辞藻边缘,潜伏在汉语里的水怪
正探出头来,卷走飞鸟和日光。

短视频

我回过头去观看那段影像时
夜色即将降下大幕
这一天,快速游进了时光深谷。

我仿佛来到了生活之外
白天录制的手机视频
细节平整、明丽、惬意
这就是生活的全部?

总有许多假象悬浮在表面
至于那些隐藏在背面的
羞愧、误解、暗伤,是我们
常常忽略的部分。
但某个晦暗时刻
它们也许会爬出来,用锋利的爪子
将你沉湎于视频中的幻觉撕开。

当你在黄昏的大街

面对熙攘的人流，会明显感到

额头上的皱纹，拥挤且微微下凹。

《十面埋伏》群塑

这梦境漫长
噩梦,春梦?都为了一段旧情。

躲过了镜头里埋下的天罗地网
却躲不开一个"情"字
竹楼里梳妆的人眼含秋水。

你们被定格在某个细节
似乎人生总有刀剑袭来
连背后的暗器都是透明的。

我加入进去时
她并没表现出一丝惊讶或喜悦
我猜想,一定有无数
身穿黑衣,手持利刃的人
在她的梦境里反复出现。

石笋:玉兔望月

一双兔耳能听到什么
上天的谶言,捣药的声音?

多像一只兔子啊
被一座龟形山远远甩在身后。

山形版龟兔赛跑
但没有谁
曾听见起跑的哨音。

龟的内心深藏着山海
你银质的眼眸深情地望着苍穹。

这绝壁上的西西弗斯
唯有月亮和一则古老的神话
可供你此生搬运。

一朵李花里的春天

一朵李花,就是一个李易安
她在一阕《如梦令》里,误入"李花"深处。
也许是苏小小、钩弋夫人或花妖
她们背负着几世情劫和一帖素笺。
但更可能是修炼千年的白蛇
她用十世情缘,精心准备了一场大雪
我们在李树下流连忘返
像痴人许仙,与白娘子谈一场恋爱。
李花的果实一定都叫许仕林
是青蛇,用五百年修行的翠绿
将它们安放在天上人间。
在白云乡五千亩脆红李花中穿行
这些春天的花妖,肤色都莹亮如雪
那朵凝视你的,必定有十世恋情。

油菜花的金黄是梦的色彩

油菜花的颜色是阳光的颜色

是阳光掉到大地上,撞击泥土的响声。

晚霞也是这种颜色

晚霞是油菜在天边开出的花朵。

梦是一瓣一瓣的油菜花镶嵌的

这些金黄色的花朵,在梦中盛开

将一粒粒圆润的籽粒

产在大地上。

梦像一座仓库,储满油菜花和寓言

很多时候,我们也将自己

反锁在密不透风的梦里。

湖泊里有白云卷起的浪花

空中流云翻卷,它们要把自己

还原为一滴滴水,回到那面湖泊。

缠绕在心上的白

沉浸在波光粼粼的往事。

湖水深不见底

这种深,与天空的深邃

是两个咫尺之遥的平行世界。

仿佛伸手可触,但又是那么遥远

云朵在湖水中卷起浪花

它们在天空逝去的

也许是山风吹彻的某个暗夜。

皲裂的手背

我端详着手背上细密的皲裂
它们似乎正在诉说。南方的冬天
像突然出现的一道道鱼尾纹
在不知不觉间
爬上你中年而弥漫着油腻的肉身。
气温在零摄氏度左右徘徊
这与大地上的流言何其相似。
我使劲揉搓手背
试图将制造寒冷的物质赶下悬崖
它们却越积越厚,是如此固执。
冷空气穿过手背上的沟壑
毫无顾忌,像病毒一样肆无忌惮。
当整个冬天的重量,全部压在手背上
我们也偶尔将手掌翻过来
让它看看,另一面无以言说的苦难。

城市灯火

是谁将城市安放在夜空下？
这裸露的美学，羞涩也是灿烂的
一座城市的辉煌
灯火，是最好的雕刻师。

它们在自己的骨头上精心雕刻
用雪亮的名字饱蘸着煤块的嘶吼
刻刀在城市的骨缝里疾走
江河断裂后滔滔不绝的轰鸣
涌向大街小巷，托着城市的青春。

当灯火带着激情划过夜色
有那么一瞬，我看到无边天幕
飘浮在城市上空——
像一张起皱的旧抹布。

清　晨

车流在城市的五线谱上滑动

每一个音阶，都为生活预设了出口。

工地上，挖掘机不再沉默

它们执着、坚韧

尖利的轰鸣撞击我的深睡眠

某个片刻，仿佛有独立的思考破空而出

它们在泥土中，重新构建对事物的认识。

委身大地的砾石和放诞

仍有许多裂缝和缺憾需要和解

荆棘和荒草漫过昨夜的潮汐

心尖升起的鸟鸣，融化在扬起的尘土中

从上到下，从左到右

未来主义的幻觉在反复敲击。

扩音器驱赶着广场宽广的激情

媚态的女高音被撕裂又随手丢弃

与肉体剥离的摇滚,寄身于一张光碟
大海的蔚蓝爱上它千遍万遍。
前卫歌手的桃色音域,偏执、伪饰
像小城的欲望,患上了轻微的臆想症。

有人将过剩的精力和宿醉扔出窗外
有人在广场一角
吐纳空气中的无字真言和瘦身术
有人体内的绿皮火车
还没有出发,就已经抵达。

春天的森林

它似乎要从逶迤的绿色中
转过身来,周身凝满野花的豹纹。
深色调的幽寂,朦胧和不安饱含苍翠
一条野径,从森林内退了出来
沾满腐土气息和未加修饰的慌乱。

还有更多歧路,在枝蔓间爬行
与时光堆积的潮湿忧郁交织缠绕。
山岗上,风的自由意志像一群小兽
在叛逆中戏逐,以爱意相互伤害。
起伏的山野美学,卷起一阵阵波涛
万物情迷意乱,敞开了各自的悲欢。

仿佛与自己的前世擦肩而过
日影迷失于树梢间的耳鬓厮磨
繁茂的枝柯,编织春天巨大的风流
鸟鸣声细碎、清凉,隐伏于颤抖的花枝

世界在密闭空间磨砺意志和旷远

每条小路,都有沉默的风景

——在转折处与你不期而遇。

旧　地

阳光拍拍你的肩膀，引领你

到某处屋檐下。递过来的凳子

有熟悉的尘灰

故人的笑脸，除了多出的皱纹

和零乱的花发，几乎还是旧时模样

人们围过来，眯缝着眼

像审视一件古董

突然叫出了你的名字

他们还记得你的劣行

包括醉酒后的胡言乱语

当然，也记得你的高谈阔论，或者

装腔作势的陈词滥调。

风带着丝丝清凉

你不经意忘掉的陈年旧事

它又一页页翻了回来

你会发现，围坐在周围的人瞬间安静了

他们认为你要说点什么

他们已习惯于在故作高深的人讲话前
做短暂的沉默。
房屋敞亮了,通向这些房屋的小路
已经变成了公路
但早年间行走的羊肠小道
还会凭借着回忆
被大家你一言我一语牵出来。

端午遇雨

暴雨如注。这么多泪水在倾盆?
仿佛两千多年前的悲愤
还没找到决口
此刻,苍天将蓄积了一生的力量
都凝结在这些液态的臆想中
今天,是否有宏大的叙事要再次翻开?
骚体赋在雨水的浴洗下反射着亮光。

草木忍不住放出悲声
山川也在追缅中微微颤动
世间万物,已不能"长太息以掩涕兮"。
当汨罗江的眼眶
涌出第一滴《天问》
长江翕动嘴唇,它在竭力抑制
再次是黄河
然后是余下的江河湖海和日月星辰
它们用尽了全身的光芒和最后一滴血。

每一滴雨水都似曾相识

还有谁配得上这天与地的恸哭？

大雨清洗着往事但清洗不掉原罪

我撑着伞，小心翼翼地躲避着

这些狂涛怒卷般砸向人间的利器

雨滴在伞页上跳动

滑向我身体那一滴，也许就是那个儒生

楚楚动人的山鬼或少司命。

病床上的父亲

邻床的病人正在呻吟

隔着一道布幔,邻床病人的微量泵

时而发出急促的尖叫。

父亲对此仿佛无动于衷

这么多病痛,挤在这狭小的房间里

父亲想将他的呻吟

全部匀出来,留给更需要的病人。

他很固执,总喜欢斜靠在病床上

他担心一旦平躺下来

就会失去重新站立起来的勇气

也许,这只是他的托词

人老了,后面要有依靠才能安心。

我胡乱猜测着父亲的心思

或许,他也正漫无边际地揣摩着我

但我们都不轻易说穿

喧着喉管,让那些横在父子之间的

长短句,成为心照不宣的秘密。

黄昏，我在陪座读《人类自传》

父亲眼神木讷地望着窗外

大街上，熙攘的人流还在匆匆忙碌。

陪父亲散步

刚拔掉手背上的输液管
父亲就急不可耐地从病床上爬起来。
他拍拍衣兜里的旱烟袋
眼神游移,叫我陪他到医院外面
走一会儿。我清楚记得
昨晚为他换衣裤时
已将这些零碎全部藏在了柜子里。
此时,我会心一笑,但没有立即揭穿
这已是他一生,剩下的唯一爱好
旱烟辛辣刺鼻的烟雾,疗治着
他寡居时光里漫长的孤独。
父亲走得很慢,我知道
年轻时,因为生活在后面不停地追赶
他的路都走得太急,太匆忙。
这段路,他颤巍巍地走着
口中的旱烟不断发出燃烧的咝咝声
一旁缓步随行的我
仿佛只是无关紧要的陪衬。

病　床

接触过太多伤病，以至于自己

也成了带"病"之躯，活在象征意义里

病床其实是生与死的一个中转站

人们将生命交到它手上

然后在漫长的等待中煎熬

有的人，躺到上面就再没有苏醒

有的人，在将病痛交给那张"床"后

又会重新站立起来。

有时，病床也会空着

空着的病床，依然被人们称为"病床"

这是它与生俱来的宿命

在没有病痛需要用身体去承载时

它就隐逸在生与死的临界点闭目养神

直到新的伤病不期而至

它也曾幻想能成为一张真正的床

将这可恶的"病"字去掉

但尘世间的病痛，是如此之多

它没有任何理由可以放下

以"床"的名义，苟活在这个人世。

暗 处

我们都来自暗处

黑暗的母腹

坚闭的果壳,油灯点亮前那一瞬……

每天早晨,黎明前的胎衣

——这产床

让我们的生命得以自证

人生的历程,其实就是长长的甬道

当你通过

会发现

尽头,依然有一小块黑暗

在等着你

——棺木,抑或厚实的泥土

布满尘垢的"奢侈品"
——母亲周年祭

母亲的坟头长满了青草
她要用这些植物,覆盖我们的思念。
茂盛的草,拼命生长
试图填补母亲逝去后的生活。

秋风又折了回来
它们的狡黠,还挂在脸上
淅沥秋雨,像母亲
一声声或缓或急的呼唤。

我们为母亲烧纸,烧纸扎的
金锭银锭项链彩电,这些"奢侈品"
仍然布满尘垢。那个世界干净吗?
没有烟火,母亲定会忘了人间。

母亲用过的电话号码
我一直保存,或许有一天

还会在晚秋的黄昏

听到她在电话里颤巍巍的声音。

摆上鲜花、果品,跪下

我们每叩一次头,青草就动一动

仿佛母亲正伸出手来

抚摸我们的额头,喊着我们的乳名。

秋雨之思

母亲啊,这秋雨之夜
我只能在纸上哭,在梦中喊。
您的秋天,群山泪流满面
视线里的薄霜,结满菊花的白
我的头顶,天空取走了悼词
像河流运走枯萎的时间。
大雁的叫声低回,托着秋风
母亲留在山野间的脚印
或许正踩着新泥和家犬的轻吠
——穿过凌乱的永夜。母亲啊
您曾经说过,秋天远行的人
一定还会,在霜降之前,回来……

风声抓紧大地

三年了,母亲
也许您已将我们忘却。
黄土下的世界那么小
怎么还有空间
挤得下漫长的"遗忘"?

鸟鸣声突然被卡住
母亲仿佛有话要对我们说。
风声紧紧抓住大地
它深陷在三年前的悲痛里。
母亲已平静地扶正头上的秋草
像生前梳匀花白的发丝。

我们跪下——
在这唯一可以喊娘的地方。

万物将悲伤推出了眼眶

三年前,这个称谓多么温馨
如今,这个词,只会令人酸楚。

娘去世后,这个汉字
孤悬在无尽的黑夜。我们无法
摆脱一具黑棺木,和生活的死结。
匍匐在词根脚下的全部温暖
都在秋风中,化为了冷雨
它动一动,我们胸口就有针在扎。

叫一声娘,是很奢侈的事
今天,万物将悲伤推出了眼眶。

植物学

山岗上,母亲与众多乡邻
围坐在秋草中,谈论一年一度的
庄稼和气候,也谈"再生"
和"往生",俨然进行自由辩论。
乱石堆垒的坟茔,寒酸粗陋
与他们生前的居所,构成
某种精神上的神秘关系。
多年前,他们也像荒草一样活过
并且深信:只要将骨殖埋进泥土
春来,一定可以再次发出新枝。
母亲不懂植物学,但熟稔"再生"
她心性良善,却否认佛教的"往生"。
我不敢确定:关于"再生"和
"往生"之间,有哪些叙述
可以雷同。只知道,她的一生:
总是不断为庄稼去除杂草
一丝不苟于"再生"的每个细节

——严谨如迂腐的植物学家。

再是将拮据的粮食匀给逃荒的人

——自己却偷偷咽着野菜

那时,她又多么像一个佛教徒。

墓志铭

母亲刘氏,农民,不识字

在深刻的文字后面长眠。

她眼中,这些规则齐整的文字

更像农具,适用于不同季节。

镰刀和锄头,永远保持战斗姿势

它们被困在一方墓碑里

与铺天盖地的野草军团搏击。

憨直的连枷挥拳撸袖

深沉的箩筐在一边心无旁骛。

扁担和芊担,为谁主谁从

大声争吵。晒席和箩箕

有严重的自恋与偏执

它们狭隘的方圆,注定不能妥协。

所有农具,仿佛都已逃离

偏旁的位置,在熟睡的部首里

敲打出嘈杂的四季更替……

我不得不让这些桀骜不驯的

汉字，跪在窄窄的石碑上

向操劳一生的母亲

——低头谢罪。

永远的果园
——悼傅天琳先生

你写过的《日出》
永远停留在果园上空
她有柠檬一样熟透的悲伤。

那匹"踏着红云扬起红鬃"的红骏马
那在果园里痛饮露水的骑手
她要回到人生的三岁。

你的果园啊
"柠檬黄了",闪着生命的光泽
每一片叶子都是风中的诗句。

你是青海的草,神木园的一棵树
在这之前
你是一株不卑不亢的柠檬
既"没有挺拔",也"没有折断"
但绝不等于随波逐流的平庸

你用一生，拒绝将酸涩转化为糖分。

你的果园已种满鲜亮的格言
如今，你要去到你的下一站
我清楚记得，下一站在你心脏以西。

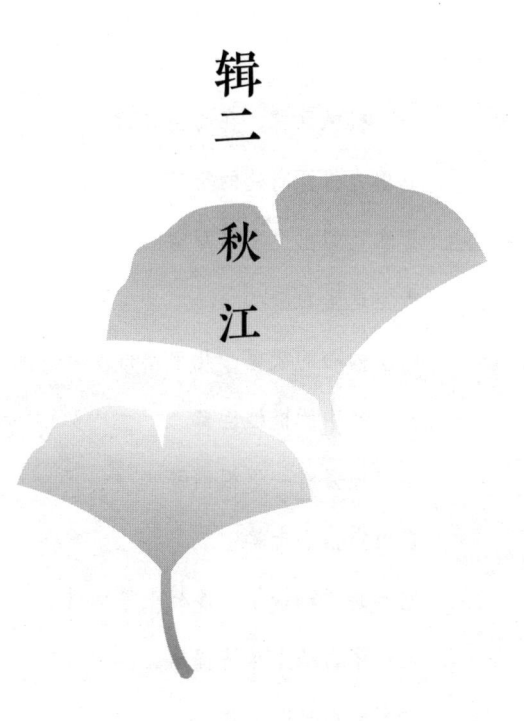

辑二 秋江

机械巨臂

一条机械巨臂,在高空旋转

它用力推开高处的空茫

为自己留出更多书写空间

天空这张白纸

除了内心的欲望,几乎空得没有边际

悬在空中的机械巨臂

紧紧地攥着一根根钢缆

在天空信手走笔

它不断提取钢筋、混凝土等物质

在这张白纸上尽情挥洒

它要赶在日落之前

将大地这方砚台上的所有墨汁

全部倒进滚滚而来的黑夜

山 顶

这里离云朵最近
以至于星星眨眼的声音是那么清晰
风从脚下穿过
清扫着簇拥在大山周围的空旷。
一个渺小的人来到山顶
那一刻,他觉得
大山又特意为他抬高了几分。

汨罗江笺词

江风瘦硬,江水无语东流
而汨罗江,正从迢遥的楚国故地赶来。

当一个人踏进那条忧愤的河流
华夏宽广的河床已不够他的愁思奔涌。

此刻,无数大江在我眼前重叠交汇
一条涅槃重生,余下的正述说千秋功罪。

极目楚天,汨罗江至今不改初衷
而所有江河,已怒吼成它的铁琶铜鼓。

如果忏悔的江涛,可以重塑旧时河山
那么,时光定会洗濯烟波里的滔滔原罪。

他仰头向天,蹈死拷问茫茫穹苍
《离骚》和《天问》已写满江河的扉页。

怒而投江者,千古奇冤浮沉浩荡
汤汤汨罗,谁听见一具硬骨喟然长叹。

高压铁塔

崇山峻岭间,一座座钢铁巨人
正努力向上爬行
它们要长成一棵棵树
但更多时候,却长成了群山的巅峰。

由一块块好钢组成
钢的身躯,钢的手臂,甚至眉眼
那些被电流击打过多次的钢铁
牙齿是洁白的,笑容和爱也是。

拖着一根根横空电缆
似乎要将一座座寂寞太久的空山
从大地上连根拔起
包括它们林木一样茂密的倾诉。

山村电工

在山村,幸福是一盏白炽灯。
当一团团亮光,突然从夜色里
把我们解救出来,一定有一群勇士
正沿着山间小径来回走动。

脚步高低不平,像那些山路
每一步,都发出电流奔跑的咝咝声
或许他们本身就是一团团光
面色黧黑,带着笨拙的泥土气息。

他们一只手紧握着沉重的铁钳
将电流的小脾气关在两条电线上
而另一只手,却摁住山村的夜色
释放出星子般闪烁动人的甜蜜。

龙水峡地缝

时空的塌陷充满无限未知
而我们，总是无能为力
世上的深谷，似乎都羞于裸露。
龙水峡，那些细密的水滴
从峭壁上缓缓滴落
当腼腆的凉意掠过眉梢
造物主已放轻脚步。

你看到的，只是一枚鸟羽
一片飘浮在时光上面的秋叶
幽深叶脉令人产生幻觉。
两面绝壁，就是两个静坐的人
身体贴得这么近，这么炽热
地老天荒里，它们托着腮
彼此凝视，或相互欣赏。
沿着峭壁上的蜿蜒小径
我们一路拍照，合影。

用镜头随意攫取，这种惬意
像一幅水墨上出现了暴力。

流泉或飞瀑叠加起来
拥有共同的心跳和涟漪。
阳光，只是偶尔的访客
它们从不轻易下到谷底
天空像一块不规则的布片
在头顶发出噗噗的响声。
裳凤蝶和云雀引领着我们
穿过迷离的溪流和草木
身后，无尽深谷戛然而止。

从幽暗的溶洞里
斜伸出来，地缝像在寻找什么。
仿佛一个满怀忧思的人
已跨过了内心深深的裂痕。

江上烟波

至今，汨罗江仍愁肠百结
每一朵浪花，都是《离骚》里
投奔他乡的雪，这走投无路的
骚体赋，在楚国故地大声疾呼
两千多年的河山，已破碎成烟云
故国的废墟上，只余千秋诗句。

艾草、粽叶、雄黄酒与龙舟
屈子在后人的追缅中
万念俱灰：天心可问，难问人心！
决绝地舍身浩荡江水
将泣血而就的《天问》
化作风雷。这灵魂伟大的恪守
能否扶住摇摇欲坠的江山？
当然，也可以沉沦为血肉之躯
在大厦将倾的楚王宫唱和。
一段历史挣扎得太久

所有江河，都有了共同的源头。

屈子站在江边，孤寂、无助

命运多舛的华夏

一直在水边徘徊，掩面埋首。

或许，每一个王朝都想守身如玉

但却在现实中进退维谷。

汨罗江奔流不息的藻词丽句

总在某个暗夜仰天长啸

它们身体里，微微荡漾的楚国

空余岁月的凄美和江上烟波。

雁　阵

向南，南方有火焰的修辞学。
鸟类的心灵史
在万物体内燃烧。
向南，穿越造物主的秘境
群山蜿蜒
仿佛梳妆人眼中漫过的秋水。
大雁的鸣叫，藏着一部《山海经》。

南方退向更南。向前飞
翅膀将气流的臆想压得很低。
高空中，身体的力学带着狂热
锁紧的队形，被锻打为一枚箭头
或拧成一支箭杆。
无形的弓弦
在造物主手上绷满。

秋叶之舞

云彩在秋风中炸裂
落日的火焰点燃了山冈。
叶片轻盈——

它们迎风起舞
在浩荡的色彩里
陨落,或怒放
将灿烂
归还给降霜的大地。

秋 江

试图把柔软

从身体里

抽出来,但更多柔软在追赶

这种游戏,迷失于自己的

深渊。它们想过停下

而水源源不断。

它们迷恋体内的柔情

相互挽扶着向前

试探性地

抓住凸出的河岸

这旅途稍纵即逝的瞬间……

金溪沟,蜜蜂与花朵

在金溪沟,蜜蜂嘤嗡振翅
带着小小的口器飞行。
它们将花朵间彼此的爱意
衔在微小的口器中。

蜂群布满河谷山岗
它们听得见花朵求偶的私语。
这些隐秘的声音
是春天精心设置的陷阱。

阳光下,它们的飞行
灵巧,花香馥郁。
透明的翅膀,闪动着光泽
薄薄的轰鸣声
载满了万物的脉脉温情。

晚风中的轻愁
——致画家游江

晚风暗恋夜色的寂寥
月光挂在树梢。

一柄古琴
藏身于魏晋的林荫
音乐婉转,融化了轻愁。

有万朵梅花
在微醺中暗香盈袖
朋友们在清谈里烹煮茶香。

在岩茶和焦桐间,游江的画笔
从玉兰雪白的肌肤上
取下了皎皎月色。

在脱贫户谭登周家

沿着河谷,正午绿绸般安宁
隔着土台,我看见了半幅水墨。

砖木青瓦房刚从水彩中醒来。
屋檐下,灰雀斜飞
一段段剪影行云流水。
木姜子花在回忆中翻开了日记
它们转动着米粒样的小眼珠。

春风多情,谭登周满面春风。
如今,他岁月的沟壑里
早已挤满了澄碧的往事
多么美妙,总有山歌往心里面飘。

他弯着腰,侍弄酿蜜的蜂群。

他小心翼翼移动着身子

仿佛有蜜要从身体里溢出来。

当他抬抬头,春天也跟着动了动。

旧台灯

一盏旧台灯,隐居在
一段旧时光里。
浑身布满灰垢
像黑夜遮蔽下的伤害。

这个世界的光亮,谦逊、温良
它们穿过旧台灯
像对过去的岁月
表达着歉意——

威武山黄昏

整座山岩端坐在这里
它布下生活的迷局。

一条被绝壁扔出去的小径
在命运转折处悲欣交集。
夕照里,蝉鸣声守在树梢
石凳、石桌,似乎正在小睡
置身危岩,它们在等待
看不见的虎群,在冥想中出现。

黄昏来临,草木收起了
葱茏之心,远方云海茫茫
此刻,生活中的虎啸
已被我全部放归威武山。

故　事

溽热的正午,猫在昏睡
一只狗猛地扑向墙角
老鼠落荒而逃,发出吱吱尖叫
逃散的,还有它
迎娶新娘的美梦。

树荫下,一个挑担的人坐下来
与身边斜躺着的柴捆
各自想着心事。
手里的烟卷忽明忽灭
像那一寸寸矮下去的光阴。

田野浩荡无垠
蝉鸣声将群山推向旷远。
某个屋檐下传出的咳嗽声
飘浮在空中
被长满荆棘的苍茫
轻轻压了下去。

跨岩索桥

它试图让两面绝壁重修旧好。
六月,鸟鸣声悬在阳光下
树荫和竹影,在索桥上铺开
它在信中说:见字如面
你若相弃便是咫尺。

有人在桥中央拍照
清扫暮年的积雪,微风中
桥身因宁弯不折而微微颤抖。
我手握桥索的两地书
小心翼翼,用随波逐流
解释人生。旷野浑茫
世界有摇摆不定的恍惚。

人群在索桥上往来

熙攘的笑语将虚空荡开豁口。

崖畔，飞鸟掠过

鸟类对人世的轻蔑

深藏于挂满夕阳的飞行。

大洞河峡谷

阳光蛰伏。它们小心翼翼
躲在空谷之上。
你的深渊缄默如昨。

你遁世时饮下的鸟鸣
汇聚成溪流和汩汩往事。
你用云团种下的绿
抓紧千仞绝壁和画外风雨。

没有更陡峭的悬崖和暴雪了
这一山咆哮的寂静
堆积着你深深的裂痕和忧思。

竹海小径

走在竹海小径,鸟群鸣叫着围上来
它们衔着一支支欢快的小曲
我们踩着鸟音前行
有时是清脆的,有时是柔软的。
竹林让出的道路充满遐想
我们似乎都是故人,有相同的风雨。

参天南竹挤在头顶,看不见的
波涛在翻涌
看不见的云呢?正怀抱着一座城
山名箕山,海称竹海
永川,就是被这波涛
一嗓子一嗓子从竹海里喊出来的。

与龙则河先生谈酒

龙则河先生善饮

他隐居在酒液庞大的世界。

他是大师,是关于粮食和酒的行者

酒国,是他灵魂的故乡

他一生跋涉在酒体的千山万水

左手"黄金酱",右手"百年乌江"。

他迈步的姿势,像将一杯酒

从躁动的人世缓缓地端出来

平静、安宁,仿佛要压住升腾的火苗。

他调制一杯好酒

把天道地道人道精心地调匀

把人生大苦和世道险恶

一点一滴慢慢化开。

酒是他的女儿,是他的妻子

是他月下的清欢。

拥有酒，足以装下整个河山

龙先生不善言谈

他一生只与酒对话

只与在粮食上行走的火焰对话。

秋风漫过山村

山道弯曲,一如秋风的形状
折叠的路网在山岩间攀援。
白云贴紧山梁,群山环绕古村。
山脊瘦硬,黄叶之诗
写下一行行命运的火烧云。
大地之心在咏叹,在重新解构
这些苦吟者,胸中的块垒和萧瑟
点燃崇山峻岭。山的对面
还有更多的山,雪藏深山的人家
远远地,躲在斑驳的秋风后面。

砖房或木屋在坡地上假寐
炊烟悬挂空中,像一株株植物
带着阳光的体温和乡愁
它们是万物互联时代
遗忘在大地上的一个又一个叹号。
母亲们厮守着孤寂的家园

一幅古老图景，写意的农耕
裸露着语词的荒乱与尴尬。
用梦境和原乡浇灌的作物
一头是他乡，一头连接着老屋
这时空收缩的过程，多么漫长。

灰雀在农家小院恋爱、繁衍
偶有山风掀起阵阵鸡鸣狗吠
在远方之远，有谁会侧耳谛听？
这飘浮不定的瞬间，像流星
突然击中异乡人踉跄的步履。
世界早已被数字的节奏化零为整
秋风漫过，山村在茫然中转身。

苗寨山歌

山歌里高挂着大红灯笼
天池苗寨,群山在欢歌里飞。
这曲调里,蜜蜂们穿梭、忙碌
它们筑巢,采集歌声里的花粉
纯净的甜蜜装满生活的陶罐。

歌声在泥土里开花结果
幸福的果实,挂满山寨的枝头。
唱歌人嗓音发蓝,像头顶的天空
人们顺着山歌飘动的方向
将欢乐挂到天上,点亮了满天繁星。

寨子离天空很近,我们叫它"云上"
云朵里长出的山歌
——像人们眼中的星群。

苗王山

你提着大好头颅和江山
坚硬的头角再次荡开风云。

蚩尤的兵戈穿过五千年历史
退隐为一座山,一座血脉的图腾。

肉身已腐。但悬空的头颅
仍聚集着一个族群遥远的呼唤。

祖魂不朽,拨开族人心上的迷雾
这悬空的灯塔,绵延横亘古今。

寒 风

寒风乍起,驱动古战场的杀伐
嘶吼声里堆积着冷兵器。
它们吹开乌云
但乌云越聚越多
这黑色的大氅挂满闪电和霹雳。
它们奔跑,带着锋刃和弯弓
将头颅割下来
将发辫解开随意抛撒。

城市阳台上,它们扔下盔甲
冰冷的黑铁撞向黑夜发出巨响。
画布翻卷,收走纸上的江山
蜷缩在墙角的窗帘
将体内的惊惧紧紧抱住。
跨江电缆释放着电的火花
仿佛有狼群在空中嗥鸣
一条江被倒挂被撕裂被揉碎。

它们冲向山野,呼啸声

布满血丝,幽怨和愤懑铺天盖地。

林木斫倒,屋瓦匍匐

潮水般倒灌的冰封扭曲错杂。

大地上,它们更像一群群暴徒

在一望无际的暗夜声嘶力竭。

这些毫无节制的毁灭者

忘情于肆意杀伐的最后疯狂。

此刻,我身体里的暗物质

也像一群暴徒

——它们苏醒,并参与其中。

流　水

流水嘈切，河床如琴箱产生共鸣
雪原、山川、峭岩运指如飞
流水心怀高古，应声万弦齐发。

此生只为一对古人抚琴
流水雪藏的乐谱，不仅有浪花
还有星月和一段高士的名节。

水声淙淙，它为一面断琴
复述一场千年不竭的友谊。

神　话

夜空，明月高悬
这浮游在远古的海螺，抑或扇贝
身后是平缓而辽阔的广宇。
多么遥远，我的想象尺度很小
它又是那么近，总是如影随形
故乡与他乡，停顿童年的月光。

捣药声清晰可辨，祖母口中
吴刚挥动斧斤，砍伐桂树和永夜
这聚散倏忽的悲伤，悬挂在高空。
斫木声传来，嫦娥的眼泪
溅起了河汉星辰。众多
不可见的事物，光芒——隐退。
而蟾宫，这颗粒饱满的粮仓
寄居在爱情里的神话闪着幽蓝。

先民们在兽皮里挣扎呼喊

他们用神话哺育着人类的幼年。

但现在,大地上到处都是铁器

——那些被神话创造伪装

又回过头去驯服了神话的人类。

狗耳峡遇大雾

刚至谷口,仿佛有狗吠迎面扑来。
世间的弥天大雾
此刻,都在这吠叫声中翻涌
它们新棉般柔软的身体里
有三面天然千仞石墙
竖着狗耳,保持对人类的警觉。
眼前,雾在推移
当然,也许是青山内心已起波澜
潮湿的爱情太厚
蓬松的云雾都结成了茧子
在浓雾的指尖下,山峦轻微鸣响
这飘渺恍惚的幻觉
比裸露的山体更加真实。
没有路可通向这三面石墙
作为观景者,我其实更像风景
与石墙对峙,被反复观察、拷问
这虚净的世界,隔岸就是天涯
唯有浓雾在咫尺间喧嚷不休。

小狗"点点"

你更像一首诗
或者,一个诗人
废弃的笔名。

皮毛黝黑,卷曲
一团可以跳跃的夜色
当你从煤堆里被扒出来。

你抱着一块木炭
但不能点燃
你趴在脚下
却感觉这块炭正在燃烧。

你有蒙童的智商和饥饿
在人类幼稚时,呜咽——

竹 海

有勇气闯入竹海的人
必定带着一把绣春刀
刀柄上有星辰,刀锋上有月牙。

这连绵不绝的竹,竹的海洋
我们仿佛几滴浮游的孤岛
被它们浩荡的气节瞬间淹没。

原来,这世界上还有另一座大海
发着光,穿过心灵的沙漠
源源不断,为我们
提供着物质之外的水源。

陈年酒窖

用无限延伸的湿润
我爱着这些躲进时光深谷的酒瓮。

岁月幽深,酒神在洞府布道
年久的陶瓮始终守着一片冰心。

粘在石壁上的乳白色酒香
全都是酒液藏在深闺的芳名。

黄精,安静的中药材

坡地、田畴,这些植物一望无际
一定经历过太多雷霆、风暴。

你看,多么安静啊
它们收起星群降下的大悲喜
独自咽下苦涩的呐喊与岩浆。
甚至,将身体里的虎啸
也捻成了一根根鼓突的指节。

黄精的药性在一点点聚拢
它们将力量凝结在沙土中。
这些呐喊,一旦与岩浆发生撞击
必将在某个瞬间,破土而出。

晨曲：河流与村庄

晨曦如瀑布，从山梁上垂下来
我的村子，如这瀑布下面一泓幽潭
细碎的民俗，鱼鳞般闪着微光
风吹过，山村的憧憬涌起了波澜。

簇拥的新楼上空，炊烟摇曳
那是勤劳的人们，写给生活的邮件
山村公路叩问着远方，枝蔓绵延
幸福和喜悦早已将它压弯。

河湾里，流水柔软，这古老的过客
用逶迤的岸线，拥抱着生灵和大地。
河水昼夜不息，粼粼波光中
湿漉漉的岁月仿佛已陷入回忆
河流的镜子，反射着山村的过去未来
漫溯的洄水留存着时光行走的足音。

沿着弯曲的天幕与大山的夹角

你会听到鸟啼和一阵阵鸡鸣狗吠

那是山村的一天，刚好从花萼上苏醒。

柔竹海

风在喧哗

仿佛刚刚醒来

昨晚,它们一定爱过或恨过。

浓雾在低空耳鬓厮磨

晨露磨制的银饰,面色皎洁

山峦葱茏,多声部的

歌喉在清唱。

漫山遍野的柔竹

用大海般的浩瀚

爱着这风中的起伏不匀。

山村电网

需要爬坡、攀岩,跨过幽深的沟谷
遍布山村的电网
像挂在悬崖上的野葛蔓或常青藤
懂得如何避开锋利的事物。

它们沿着鸟道飞过崖壁
或者在谷底孤身挺进探出道路
电网将整个山村连接起来
形成了一个巨大的发光体。

当一盏盏灯被点亮之后
强大的电流穿过千家万户
这光源,与古老的秩序一道
维护着山村的祥和与安宁。

一群白鹤飞过江面

傍晚,我在临江的阳台上

看夕阳。看余晖与江水的小暧昧。

虚空中,暮色从四山慢慢升起

绛紫色的私语,布满江面

一直从下游传到上游。一群白鹤

贴紧江面缓缓飞行,不断扔掉

季节的黏稠,和下游暗绿的敌意。

生命的重力在暗处

藏在伤口深处的暗物质

像黑夜漫过山谷时令人毫不经意。

这些小小的白色纸片

粘在江水的画布上,类似于

夜空虚设的一个陷阱

与满天星斗遥相呼应。

锅圈岩纪事

六月的锅圈岩
我内心的蝉鸣在堆积。
失散多年的天涯
有困窘的歧路。
月夜,我用酒和焰火的
鸣叫唤醒兄弟
它们被命运囚禁
犹如巉岩孤悬的突兀。

有暗礁,从大海移到心上
甲壳虫一样蛰伏。
这盛夏的黄昏
我们与锅圈岩一道醉酒
相互搀扶
彼此将愁肠交给对方。
人生有很多醉态
像摔碎的酒碗

简单，但不可名状。

这里是鸣虫的领地
它们有足够的光阴
面对闯入者。
我们试图握手言欢
用岩泉和旷野的暗语
煮一杯新茶
万物沉寂，虫鸣声
在星空下白得发亮。

威武山观景

极目处，云朵有饱满的
洁白，它们群居
修改人间密集的谬误。
群峰与天空交谈
向大地表达谦逊。
这群披上夕阳的狮子，将足爪
伸进江里，低下头颅。
沧桑和悲悯
从天空垂下来，柔韧，舒缓。
它们体内，依然保留着一小段
隐蔽在黑暗里的裂纹
——闪电和风暴。

华溪村主题邮局

写一封信,淡墨

用华溪村四月的春光。

主题可以很小

小到,一朵陷在花期的桃萼

一滴滑向叶尖的露珠。

也可以随手写下

远方,我爱你的穿云裂石。

在华溪村主题邮局

有一封信在等待寄出。

一个名叫贺小康的收信人

已将整个山村的邮件

轻盈地汇聚成了

一个时代的共同主题。

大溪河口

远处,一脉秀水迎面扑来
绝壁上,我已没有退路
所幸有浓雾挡在身前。

此时,有人用镜头撷取山水
无意间,为我取出了
一声令人猝不及防的尖叫。

云雾中

湖山语

云雾携带着大地的空茫

这空茫，即使站在云端也化不开。

天地一色，没有谁是第三者

只有海螺村的风

在暗处鸣响，带着远古的海啸。

我们惴惴前行

以潜入者的名义盗取风景

如果向云雾敞开心扉

你将被逡巡的山神呈堂证供。

风在云雾中自由穿行

像我此时的思绪，又像我

不得不随波逐流的人生。

在海螺村，弥漫的云雾

会抽出你最后的一丝市侩

你听，呜呜声正从云端垂下来。

寻泉记

灵泉之约,每日准时三潮。
在时间的罅隙,从巉岩的泉眼涌出
轰隆如奔雷,令空谷回环鸣响。
这泉水,来自黑暗深处
在地母怀抱,它有智者的洞彻和谕示
携带闪电,像岩浆一样沸腾。

漫长的时光欲言又止。
这深山之中,人迹罕至
"信水三潮"抑或"三潮信水"
多像一颗心在孤旅艰难跋涉。
如约而至的奔泻
这稀世奇观是时间之子的隐喻。
世界也许有很多未了之事
要用诚信解咒,借信仰渡过彼岸。
一泓清泉兀自一问三叹
它试图从芸芸众生的断流处
拯救一束即将断裂的亮光。

寻茶记

双凤山上,茶香是透明的。
一万亩鲜亮的茶园
有十万茶歌吐出了新芽。
一垄垄茶树,如舞蹈中的婀娜茶娘
她们的笑声挂满银饰
茶色氤氲,从曙色中洒下来。

云雾里,茶芽的舌尖在卷动。
低卧在宿命里的茶
孤傲的独芽和婉约的雀舌
她们呵气如兰。时光欢快地流转
像茶娘们莹润的纤纤十指
手中的秀芽化为了清晨的鸟鸣。

浸泡在高山云雾里的绿芽
娟秀的叶片,悬浮在
阳光的深情不能抵达的隐秘之境。

词人黄庭坚来过

凤鸟也曾在这里降临人间

他们萦绕着这片山野的缕缕茶香。

茶汤里，盈满一阕温润的宋词

以及神鸟飞临的唐人绝句。

黄氏的笔力驱使月光和茶神

驱使心上的禅和盏中的雾

岁月静好，一杯茶足慰况味人生。

寻酒记

斜阳已沉湎于一场旷世酒局。
群山之中,禅山酒庄身披夕照
匍匐的禅意,凝满落霞和酒香。

这南国的湖畔,酒意倾城
酡红的落日,从禅境里缓缓起身
零乱的余晖下,巨大的酒窖
储满苦寂的禅和诗意的酒。

溯乌江而上,落魄的长孙国舅
用长安的泪酿制古夜郎的酒。
盛唐余响仍在酒体里轻轻嘶鸣
官廷金樽也仿佛正叩击着夜光杯。

王朝的纸醉金迷已委身为泥

唯余酒香穿透绵延的酒国。

这禅与酒的国度,山风拂动禅意

酒香,在千年禅宗和晚霞里起伏。

寻陶记

通过陶,一定可以回到上古

回到唐尧,甚至月满大江的炎黄。

夏日的风簌簌飘落

七彩陶艺,在一袭波光里着色

深埋在远古暮色下的土陶

被一个名叫堰塘的村庄

重新集结到钻木取火的年代。

曾经年久失修的陶艺

失落的陶,郁郁寡欢的釉

它们在野火的怀抱萦回低鸣。

幼年的农耕,身披兽皮和藤蔓。

唯有陶和它们身体上的纹饰

穿过人类文明的漫漫永夜。

陶从云彩上飘下来

在蛙鸣狗吠中取走月光。

它们内心的迷茫越过族群的疆域

黝黑的石斧溅起炎夏的火花。

蜷为水瓮的陶，盛满稻黍的陶

从春天里，摘下第一缕曙光的陶

它们在氏族与氏族间自由行走

穿透远古人类苦难的命运。

土陶在堰塘村复活

它们的釉足以卷走远方的苍凉。

陶泥中，汗水擦拭着神话

断代的上古史，徘徊在陶的边缘。

古老的陶，年轻的陶

辗转在七色花朵间的陶。

夏日的风中，我们已是陶的一部分

陶的目光在我们头顶永恒。

血管里，有一条古老的河道

运送着土陶和奔腾不息的生命。

辑三

湖山

写下桃花

写下桃萼,再摘一片晚霞

写下春雨,在她的云鬟上堆满笑靥

当然,你也可以写下你的前世

以及那一抹温情脉脉的凝眸

写下轮转的肉身和奔马的嘶鸣

沿着粉红色花瓣的喃喃自语

此刻,我用如此多的叙述写下桃花

但却不敢轻易触碰春风中的隐喻。

东津沱

江水回头时

我们成为它弯曲的一部分

先是在烟雨中弯曲,然后是暮色

此岸即是彼岸

只要江水愿意,或河岸有足够的韧性

在东津沱的臂弯里

人间的建筑也全部弯曲着

我的手中,茶盏也有圆形的岸线

它在庸常中弯曲,却令人浑然不觉。

除草记

杂草进入庭院,一定是个谬误
人类设置了很多禁区
针对杂草,也针对人类自己

拔掉杂草的过程,人类其实很笨拙
杂草惴惴不安的样子
隐含着两个物种之间的对应关系

人类随时都在自证清白和纯洁
而内心却生长着繁茂的杂草
这与杂草长进庭院没有什么区别

驱逐杂草,仿佛是人类固有的天性
这个悖论,杂草不知道
在庭院里刈除杂草的人也不知道。

黛　湖

没有水墨，但我已走进一幅画里
没有音乐，我却被音乐包围
岸边的水杉、香樟、银杉……
水中的藻类，它们是谁的皴笔
又是谁的水彩？你是最销魂的部分
有着音乐的眉眼，音乐的秀发
你的眼眶清莹，养活了这一山珠翠
你柔软的灵魂是何时接纳了我？
在你们中间，我就是一棵行走的树
一株在绿茵里醉生梦死的草
掬一捧黛湖，整座葱茏的缙云山
都在我的掌心泛着粼粼波光
沿着湖岸行走，像踩着自己的童年
童话在湖水中伸出的手臂
鲜亮如藕，这隔世的小妖
为雀鸟的婉转涂上了一层釉彩
当你在岸边坐下

满山的风景会陪着你遐思

如果微风取走你大脑中的一切杂念

你就会成为，湖水哑默的反光。

听彝人歌手比布文才演唱

他的嗓音里,一定养满了
落日,篝火,夜色和大凉山独特的风情
他从云朵上下来
从葳蕤的传说中下来
"像山风一样自由",蹚过命运的溪谷
一个族群的密码,镌刻在他黝黑的脸上
阳光曾经在上面抒写和咏叹
泼水节,火把节,都散发着悠长的颤音
他的手指在电吉他的弦上疾走
这里有蜿蜒的小径和沟谷
他从琴箱里,掏出全部激情
掏出熊熊火光,以及高天的云雀
他一开口,整座酒庄仿佛都在摇晃
当他把大凉山搬到禅山
我们停泊在酒香里的身体
——已经沉醉得,不能自持……

缙云山怀古

谁在北碚研墨展纸

谁就在缙云山的心上安放了一盏灯。

远涉的秋天早已穷困潦倒

你在羁旅中咳嗽,读一袭夜雨的诗篇

信手写下的巴山

似乎可以疗治人间的萧瑟与寂寥

但南方的秋池,却解不开北方的愁肠

前路依然遥远啊

你起身披衣

推开西楼破败的木格窗

夜幕深处,绵密的归思正被雨滴声敲击

你回到榻前,喧了很久的叹息

零乱着残烛晦涩抑郁的光影

面对无尽虚空,你收起洇墨的诗稿

像夜雨收起多情的缙云山。

在北碚写尽了世间沧桑和雨意的人

至今仍在唐诗的天空淅淅沥沥。

流星石

没有流星,只见两只圆睁的怒目

被赋予含义的石头

谁也说不清它的来路

荒草。野径。空山。残照

这遗世独立的神兵利器

悬浮在历史迷幻的微光里。

假日办公楼

湖山语——

大院里,人都走空了

被假日的针管突然抽离

真安静啊,每一间办公室仿佛都在龟息

它们紧闭双唇,缄默不语

像铆在日常工作中的一颗颗螺丝钉

从假日的墙上掉落到地

我扭开门锁,幽闭已久的时光略显慌乱

坐椅孤寂,这快节奏的经验者

失去了命运加诸的重力

办公桌还梗在短暂的真空中

它已习惯某种恒定的姿势

与外部世界保持若即若离的间距

作为它们中的一员

我必须葆有一颗虔敬之心

找到自己的位置,然后将螺帽拧紧。

钓鱼城

烽火早已偃息。铁蹄卷起的尘烟
已经在岁月的锈迹中散尽。
这是一座适合垂钓的城
苦难的苍生,曾用它
钓起一则则古老的传说
一群铁骨,在这里钓一场36年的战争。
七百多年前的南宋
破碎的山河托不住一声叹息
西风猎猎,飞扬的马鬃
驱赶着落日和帝国无边的哀鸿。
嘉陵江,就是被那风雨飘摇的年代
锻打成了一枚弯曲的钓钩
还有涪江和渠江,它们紧紧地抱在一起
这石头的诱饵,因不愿低垂下头颅
从而挺直为劲烈的砥柱
它凭一己之力,左右着世界的走势
上帝之鞭,从此折向了相反方向。

行走在时光刻写的凹痕里

抚摸每一寸蓄满铮铮气节的怒吼

我仍能看到，惊天地泣鬼神的力量

在每一道垛口，磅礴奔涌

而经烽火淬炼的城砖，却始终渊默无言。

我们嘘唏，喟叹，在这古战场旧址

缅怀凭吊古人。此刻

嘉陵江正带着涪江与渠江汤汤而来

仿佛一条大江，也与我们

有着同样的惆怅，和千古寂寥。

红豆树

当一棵树浑身长满了相思
柔软的枝条定会从春风中伸出来
南国的春风,心底有三千弱水
也许,我就是它找寻的另一株红豆
在春光里,在红豆树组的土台上
与它对视,仿佛生生世世的蓦然回首
我看见,时光磨亮了它圆润的躯干
世间的痴情在一首古诗里荡漾。

尖峰岭

接近山顶时，周围的山峦就矮了下去

春风荡开的小径潮湿难行

踩着腐叶和时光的裂痕，我们一点点

将自己移进松涛深处，移进

昨夜春雨无法自拔的顾影自怜

山顶空茫，天空依然有着遥远的远方

在这群山哑默的制高点

我宁愿做一枚摁进穹隆的钉子

被大地猛烈击打，成为尖利的山峰。

高处的事物

一个会议,如果在高山上召开
就会有恒定的高度,你可以轻易找到
被山风刻意隐匿的古老法则,虽然
语调仍然很低,并尽可能平民化。
鹰在高空盘旋,它们带着高度攀升
也可能是体内的狂热促使它们这样。
当一只鹰从你头顶掠过,一定被天空
驱赶着,或是它刚从天上盗取了什么。
相比于天空,鹰们永远是理想主义者
它们像大地上那些梦游者的信使
殉道,或者更早触摸到了高处的冰凉。
阳光来自更远的高处,但它能穿过寒冷
你伸出手指,似乎感觉得到它的呼吸
它给你披上外衣,像神秘事物突然出现。

油菜花田

这些油菜花

像铺在大地上的形容词

纯粹,纤尘不染,但又充满无尽诱惑

世界就是这样,表面平整光洁

但你永远也不知道它深藏着什么。

与别的花朵相比

它们则更像巨大的词语收藏册

在这一望无际的花田里

每当油菜花点一下头

就有馥郁的花香,出现在扉页

这些汉字轻盈——

但无人知道来自哪里。

绝顶日出

虫鸣声将我们推到绝顶
——巉岩被肢解后唯余的遗骸。

此刻,天地在心,万物空茫。
守住红日跃出那一瞬
是脚下的孤峰与我共同的命运。

天高地迥,但留给我们的并不多
扶摇处,仅够蜷伏,仅够将身体折叠。

山风奔突,岩峦喧响
负日的金乌开始扇动翅翼
它推开熹微晨光
在远山与天幕间撕开一道裂纹
一丝鱼肚白悬挂天际。

云彩开始浮动,由淡红而彤红
扶桑树上,有人在纵情调色。

千万只火凤凰,绕着红晕噪鸣

斑斓的红,恣意的红

深沉得令人掏空了全部激情

浩浩广宇,将因此献出它赤血的心。

一瓣粉红的桃花在天边隐现

弱不禁风,像要被舒卷的云幕吹散。

它开始翻转,努力控制住身形

先是菱形,然后是椭圆,再而半圆

像幼婴在云海中奋力挣扎

云海汹涌,它要跳出宿命的深渊。

须臾间,万道霞光突然绽开

仿佛有环佩声在玉宇叮咚萦回。

山河苏醒,百鸟跳跃……

这光芒,柔软、清新,带着云海气息

多么炫丽!它劈开万丈幽壑

将置身危崖的我,高举过群山头顶。

梨 花

视野开阔，光阴如此犀利
拾级而上，我的身体将风景抬高。

我们都是过客，带着梨花的忧伤
梨花为自己折出命运的经纬线。

白色漫无边际，有谁皓首穷经
满园的低语像你喋喋不休的生活。

人生其实又何尝不是一朵梨花
老去或凋谢，正是生命的全部。

天空无云，放大的世界不断涌向虚无
人流熙攘，只为看一次雨后的梨花。

偶遇茶花

它孤独地避开人流
一朵茶花,在穿过梨海的芳径旁。

梨海有多大,它的孤独就有多大
仿佛体内有一座忧悒的海洋。

白色的花瓣带着一丝血痕
通往春天的路上,它像一个旁观者。

它卧在草丛中,无意与谁争春
茶花的出现,是大地对卑微事物的歉意。

山坡上的羊

一群羊,一群啃食青草的云朵

高高的木根山上

万籁俱寂,只有草根折断的声音。

天空是最苍茫的旷野

神轻轻挥动牧鞭

一群羊,静静地咀嚼慵懒的日光。

神赶着它们,用内心的柔软

云朵在天空飘过

仿佛也有谁在身后赶着它们。

午后,一群羊怀揣天空的纯净

这山野间最轻灵的生物

当山风拂动时,就飘到了天上。

瀑汀小憩

流瀑将自己悬挂在人生开阔处
泉鸣叮咚,一面竖琴已在体内居住太久。

它来自寂寂无名的荒野
汩汩流淌的灵魂,须蔓一样缠绕着草径。

林木围猎着躲进阴翳的时光
小宇宙慵懒,阳光生出蝴蝶的斑斓。

坐在树荫下,一杯茶足以疗治倦意
索性在内心放养几许葱茏,一片山水。

有那么一刻,时光突然露出淡淡的红晕
这小片平地,静静地隐伏在一幅水墨上。

耕牛记

故乡的田畴上,沟壑边
已不见在时光里悠然反刍的耕牛
——那些行动缓慢而笨拙
春雷一样,沉沉辗过大地的生灵。

黎明的曙色中,黑色的水牛
像一团乌云逆风而行
夕阳的余晖下,笃实的黄牛
踏着狗吠声走向暮晚
此时,哪怕你抱过去一捆干草
它们也会伸出粗大的舌头
舔舐你沾满泥屑的手指。

它们将土地的颜色
披在身上,也将传统农耕的颜色
披在身上。它们将黝黑的命运
披在身上,也将金黄的收获

披在身上。它们负重、隐忍

偶尔也发发牛脾气

但是，都带着深沉的泥土气息。

如今，它们从土地上消失了

没留下一声牛哞……

那是被机械切割、分解、包围的

某个清晨或幽晦的黄昏。

湖心亭

亭子独居湖心,栈道柔弱
这唯一的通道
不断将游人诱入风景
又从风景的漩涡中把他们扔出来。

春光很薄,湖水只剩一层绿纱
亭子在日光下冥想
它已成为自己倒映的倒影。
晓风吹拂,亭子有一丝摇晃
在通向风光的栈道上
巨大的孤独也在微微摇晃。

亭子深居湖心,岁月散发着倦意
在风景里坐久了,它也成了风景。

野地紫云英

紫云英开着,在野地的公路边
一小片春光意乱情迷。

阳光下,人间四月呈朵朵淡紫
内心的斑斓像闪烁不停的小星星。

它们独自拥有这个春天
当万物抵临,幸福已没有边界。

抓住风,抓住人生的每次偶遇
紫云英高分贝的古老哲学在起伏。

鸣禽的叫声摘下旷野的苍茫
永生之石,谁坠入爱的凌乱深渊?

有了期待,紫云英开放出诗意
荒径悠长,每步都是你的盈盈花期。

花　径

不知是鸟鸣声惊飞了落花
还是一树树梨花惊艳了鸟鸣？

沿着花径，可以听见春的滴答
梨海里的《天鹅湖》被推向高潮。

行走花海的人，当你放慢脚步
眼中一定会涌出万顷缤纷的音乐。

蓝色湖泊

这一汪湖水,天空是它的
另一张脸,我抵达时
人间初夏荡漾着欢快的涟漪。

沿着湖岸,梦幻筑起
湖水的防波堤,微澜吮吸着天光
时间退进了鱼尾纹。

柳树不断变换身姿
它们长袖善舞,晓风在湖畔
守着一段温婉的风情。

斑竹林起身,推开变幻不定的
红尘,湖的周围
杂树的欢愉润湿而迷人。

湖堤在延伸,湖水的幻象

牵引着它。环湖行走
犹如被命运的漩涡紧紧牵着。

在湖边亭小坐,一泓澄碧
围上来,湖岸人家的恬静
在水面泛着绵密的银光。

窗 户

窗户紧闭。透过玻璃
我仍能感受到世界在发生变化。

万物凑在窗前,将悲欢压得很低
百花从不单独为谁吐蕊或凋零
雀鸟的叫声有时比针尖还细
仿佛可以轻易穿过人世的老茧
车流排放着尾气,像夜伸出舌苔
江水也只是流着,并没因此而放缓速度
忽然,有云朵飘过来
很多很多云朵堆积在天空脸上。

隔着紧闭的窗户
或许可以在这个世界保持某种独立
但我回头看了看
发现自己仍被深深地裹挟其中。

致敬陶行知

您是一束光,行走在大地之上
星空之下,您披散着温软的触须
在浑茫的暗夜里疾行
捧着一颗殷红的初心,这三尺青锋
足够解剖人性深处的痼疾。
从不向社会索取,哪怕半根野草
即使蓬勃的生命碾着尘泥
也要用胸中那一腔炽热的赤诚
点亮满天繁星,烛照千秋后世
蛰伏在荆棘岁月中的历史之殇啊
在那人命如草芥秋蓬的时代
还有谁能百折不挠,开启万世师表?

或许,我们都知道四颗糖的故事
也许你就是那个向同学扔石子的男孩
这四颗糖,像永恒的星辰
洞烛幽微,高悬在每个人头顶
大道至简,仿若鸿爪雪泥

至善无痕,却映射着现代教育的真谛
这是一把把熠熠生辉的金钥匙啊
宽广的智慧仿佛没有智慧
朴素的伟大平静得如此漫不经心
像枝头的花蕾,于刹那中突然绽放
你甚至来不及发出一声由衷的赞美
"教育即生活,生活即教育"
这是多么浩瀚无垠的醒世格言!

"行是知之始,知是行之成"
沿着您辽远的目光,我看到了远方和辉煌
那是大爱在漾动,在不断闪烁
那是光在扭曲的夜色中剥离着蒙昧
虽然,您的生命在55岁戛然而止
但却有如耀眼的彗星,横扫浩渺天际
您洁净的天空高风霁月
您的胸襟脉动着海波不息的韵致
看到了吗,整个世界都为之驻足
听到了吗,整个世界都敞开了心音
让我成为您坐像上的一滴清露吧
用您的体温,接纳我的虔诚与崇敬!

龙洞小学根雕展

这些在雕刀下死里逃生的飞禽走兽
来自一段段树桩的根部
以枯树的身躯承载着万物之灵
沿着自由延展的根脉
根雕师的雕刀切入树桩的内心世界
准确地找到了它们隐秘的形神
木屑飞溅，头足指爪越来越清晰
当雕刀触摸到那些游走的灵魂
我听到了狼的啸唤虎的嘶吼
听到了舒展的翅翼，拍击云天的声音
根雕师往返于神话与现实之间
他的手中，龙在行云布雨
凤在火中舞蹈，神的谱系意趣盎然……
这世间最好的格物者
用一把雕刀，打磨着万物的性灵。

龙洞小学线编展

置物架上,仿佛有暗香盈袖

在这线编的童话世界

每迈动一步,都可能成为

花鸟虫鱼的一部分,每一次转身

都会有一个白雪公主向你挥手

腊梅从冬天出走

红橘错过了金色的秋天

至于武生和刀马旦

怎么看,都像是吴刚砍倒了桂树

崔莺莺在月下等待着张生

当然,还有龙,和翩舞的凤

以及神奇的阿拉丁魔毯……

它们,被一根长长的绒线反复缠绕

这织针精心布设的迷局

啊,美学的沼泽

穿过去,就是新生——

黄莺河谷

河水中,一定有无数个绣娘

将一朵朵浪花

绣在潺潺流淌的缎面上。

她们用阳光的丝线

绣绿树的倒影,也绣飞鸟和白云。

哗哗的笑语在河谷铺开

她们绣散落的云岭,牧童的稚气

和悠扬婉转的牛铃

就这样一针一针地绣啊

直到落霞升上了天际

星星低下缀满银饰的头颅。

鲟鱼养殖场

这么多鲟鱼,突然迷失了乡音
中华鲟、俄罗斯鲟、西伯利亚鲟……
重新构建了一个鲟鱼的国度
太平洋、大西洋、北冰洋……
翻涌着浪花,在它们的尾鳍上摆动。
阳光转动腰肢,池水泛起粼光
鲟鱼拖着遥远的乡愁和母语
潜游在围观者的视线里
沿着池埂缓步行走,身后
仿佛跟着大片远道而来的汪洋。

黄莺大峡谷

它啜饮露水,草木,陡峭的绝壁
鸟兽的战栗,以及少量的阳光和虚空
黄莺大峡谷渊默无言,像隐者或高士
它的一生,或与流转的星辰论道
或与高远的天穹围炉煮茶
这个上午,当一道深深的裂痕
突然出现在脚下,我知道
那是大地的语言,正于无声处陨落。

七窍门度假岁月

也许，有一缕山风就够了
当我用桂花的诗篇，敲开月亮的果壳
在这石头开了七窍的地方
头枕北斗七星，揽星河入怀。
岁月在林荫下沙沙轻响
沿着盘山小径，鸟啼声化开世间红尘
取岩泉煮茶，蘸清风赋诗
这样，久违的生活将再次回到身边
如果还想看看人生的微澜
湖面上，一定有风将一池蔚蓝吹皱。

稻花香里即景

这里,有百亩稻花香
以及被稻花喂养的游乐和民宿
小径蜿蜒,牵引着旧日时光
帐篷酒店已在山风的音乐中迷失
田园里,乡土蓬勃茂盛
木制水车悠然地转动着岁月
也被岁月的陈年旧事转动
虫鸣声四起,稻浪由东到西
又由西到东,它反复奔波的一生
总躲不开起起伏伏的宿命
此刻,两只蝴蝶在稻花里翩飞
眼眶中,噙满了令人动容的悲喜。

颓垣我醒园

湖山语

一旦春风吹拂,这座废园
或许还会从历史的烟云中苏醒
荒草爬上矮墙
苔藓掩埋了门扉
只有两侧的石墙耳门还在
耳门上的"我醒园"三字还在
但不知它们能不能听清
风雨剥蚀的声音
石头无语,它在时间的深井中
打捞着漫漶的惆怅和叹息
石头的语言,像火焰
在无尽岁月中燃烧。

竹　溪

竹林揽镜自照

只有一面潭水可以形容

一段流水，长途跋涉

遥远的奔赴，只因爱着这片竹影

这个下午，当我靠近绿潭

发现水中的一团团倒影

模糊，不停地摇晃

多像我风尘仆仆的一生。

大河独行

湖山语

清晨醒来,站在窗前眺望
眼底,乌江从容奔流,心无旁骛
凝神间,我听见了它的喃喃自语。
一条大河,它的温顺与流连
就隐藏在那些喃喃自语中
包括它的激情四射和奔腾浩荡
它与自己,在时光之殇中
相互推搡,相互剥离,又相互消融
它用眼泪,清洗自己的眼泪
它用波涛,复述着自己的波涛
你见过一条大河肢解自己吗?
它骨头断裂的声音
是如此清晰,像在狂欢
你见过一条大河
缠绵于自己的孤独吗?
隆隆的轰鸣,哗哗的悲悯
从它的身体上流泻出来

从它的夜梦中逶迤而来

骨头断裂，犹如流星坠地

它回环缠绵，更像是

对过去时光的缅怀追忆。

啊，一条大河，这独行者

我不知道你从哪里来，

但我看到了你身上隐现的星辉

这引领万物走出蒙昧的光亮

是史家之笔绽放的江河万古

我还看到了你穿过暗夜的过程

多么惊心动魄啊

没有光，你拷问每一滴水

淬炼身体里每一滴沸腾的血液

攀越高峡深谷，蹚过峭壁砾石

终于，这种百折不挠的孤勇

在坚硬的大地上擦出了星火微芒

你带着这一丝古老的辉光

走出亘古洪荒，走出漫漫永夜。

这个早晨，我从你的密语中醒来

多么清新，万物都泛着光泽

多么富足，草木都举出了花朵

在你闪动的波光中

我看到黑夜的碎屑纷纷跌落

这有如乌鸦翎羽般的梦魇和诅咒

跌落进大河汹涌澎湃的波涛里

大河啊，我不知你最终会流向哪里，

但我坚信，你会带着整个宇宙

——在时间之上不息奔流。

大田古村落

1

古村落在稻花的修辞中

讲述千年农耕。房檐低悬

风的兰花指,穿过镂花木格窗。

岁月深处,琴弦上的木棕河

见证了炊烟与黄昏相恋。

土坡上,吊脚楼迷上雨季

众多族人,在一部族谱里修行。

这里适合种菊,月夜饮酒

用童谣,捣碎人世悲欢。

2

荷锄人归来,他隐居在自己的

小调里,口哨声漫过田畴

盈盈舞袖的稻浪,翻开节令里的

前朝旧事。河水在阳光下

陶醉于稻菽的清香,树荫柔软

水鸟的春梦，拨动河流的秘史。

天空明净，一池清荷，为夏天的

无所适从，举起无数灯盏。

古旧木门打开无边空旷

农家话清亮，像乳燕裁剪着时光。

3

牌坊如老者，独自在村口

守着古老传说。风霜爬满木檐

裂纹里，暗伤在一点点加厚。

森林已回到木质年代

幻想辽阔，思考者的碎屑

被浩荡的北风吹散。

暗夜里，农耕时代的篝火

仿佛还在生活中起伏，燃烧。

4

黑土瓦覆盖传说。墨绿的

苔藓，与花青石铺砌的院坝

在绵延的雨季大声攀谈。

田园优雅,瓜果们回到夏天。
古老族群,血脉里的"明经"
擦亮古村落的"景行仰止"
逝去的古人,深藏于久远的
跋涉,他们"屯垦平蛮"
在现实的家园中双鬓似雪。
繁星闪烁下,似有铁马金戈
隐伏于斑驳的历史深处。

云朵飘过谭家村

湖山语

1

谭家村在云朵上醒来——
有多少双手,就有多少琴键在跳动。
山岚从树梢升起,霞光披散着秀发
微风迈开软足,它们纤指飞动
为一段平整的生活穿针走线。
玉米的羞涩和少女的脸
在云彩上紧绾着缕缕炊烟。

2

腼腆的山菊花张开小贝齿
轻轻咬破山村的静寂。
锯齿草引领我,从山脚盘旋向上
蓝色天空下,梦幻像抒情的流水
在云朵上流淌。山雀的鸣叫声
穿过农家屋檐深不见底的时光
波纹被推开,像童话

散落在大地，神秘而干净。

3

野草莓和芨芨草，它们将头

伏在秋风中。小朵的花在云朵上裂开。

山坡上，牛铃声中的纯银

被阳光轻轻敲出来。

岩石愚钝，草丛中积满隔世的悲喜。

蝉鸣声退到树荫下，松针形的音域

将成片森林送入我的耳鼓。

4

核桃树的暮年枕着黑瓦木屋

果实即将成熟，枝丫已松开手指。

觅食的麻雀扇动灰扑扑的翅膀

它们从炊烟上来，啄食生命的隐秘。

鸡鸣声翻过道道起伏的矮墙

缩在墙根处的光，似乎明亮了很多。

夕晖下，一条条山路，把辛劳的农人

和弥漫在田野上的秋天

收拢聚齐,拖进半掩的木门……

5

远山逐渐模糊暗淡

黑夜的舌头卷动命运的潮水。

密林里已不见猛兽出没

但虎耳草却珍藏着老虎的嘶吼。

夜色将谭家村送进一座孤岛

天空悬在头顶,一如古老的晨昏

——人们怀抱星群酣然入睡。

江口古镇

1

它一张口
两条江就滚滚而来

一条用来狂饮
另一条用来洗濯乡愁

2

一条江,扑向另一条江的怀抱——

白天,一条江取出太阳的金戒指
夜晚,另一条江摘下月亮的银耳环

它们以日月星辰为礼物
连同彼此的心,一齐交给了对方

佩戴着日月,两条江拥抱在一起

任由时光从身旁哗哗流过

我听见一条江对另一条江说：
这地老天荒里，我还远远没有爱够……

3

老石板路心如明镜
它体内，住着明清的一缕风
宋元的一弯月，甚至汉唐的一滴雨

走在石板路上，走着走着
或许就遇到了古代的某个故人
——也可能是襦衫飘飘的自己

4

一粒盐在生活里慢慢化开
盐的结晶中，祖先们追赶着太阳

茶叶也有自己的使命，更多时候
它希望用苦涩的茶汤化解掉全部苦难

当一粒隐居在生活里的盐

与一片静卧在时光中的茶款款走来

盐茶古巷会领着逝去的烟涛岁月

起身与它们一一相认

5

季节已到了夏天

但花朵们仍固执地留在春风里

它们将夏天的铁杵

磨成了春天的绣花针

古镇的安宁从针眼穿过

斜阳的余晖被绣在一面锦缎上

6

据说，从这条路走过去

会看到晚清的一名进士长袍马褂

在传授减灶煎盐法

此刻,一轮夕阳突然跳进江心
从江水中抱起了一弯新月

这个下午,沿着这条路
一直走啊走,希望在一段旧时光里
找到我遗失在梦境里的余生

7

脚步要轻一些,再轻一些
汉唐的砖,宋元的瓦
明清的石刻,它们正枕着阳光小睡

在它们身上迈动脚步时
一定要屏住呼吸
像一抹苍老岁月布撒的尘埃

8

"两江福地,千年江口"

迢遥的历史其实远不止千年

干支木牍，在关口西汉一号墓推演

一个部曹史（御史？），他怀中的星月

也许被《淮南子》化用

墓中的朱砂，充斥着道家的神仙方术

秦汉王朝的兴衰沉浮史

被塞进了这山水和彤红的丹炉

踯躅江岸，唐宋往事一碰就碎了——

长孙无忌令旗山下引颈自缢

李白落拓江湖溯江而上

承乾太子远谪黔中悲怆涕零

从李唐27个皇子皇孙

到北宋词宗黄庭坚，贬谪路如此漫长……

历史的弯弓，像一个个问号

9

有这么多山水走进了诗词

是的，山水走进诗词时

也偶尔回回头，充满盈盈笑意

在信安广场，一面墙正在吟咏
几滴雨洒在上面
像在为古人清理嗓子

10

经过这石头牌坊时
我低了低头
迈过这道门槛，里面就是信宁县

一只斑斓的蝴蝶从门楣飞了进去
它来往于汉唐和现代之间
在时光的空白处翩飞

恍惚间，牌坊似在开口说话
幸好，我有一口熟稔的本地方言

湖光书柬

1

它们从冬天出发,在秋天抵达

湖光穿梭,绿波中,洁净的河谷

在幻觉中苏醒。湖水来自天空!

它们冰清玉洁,携带旷野的宁静。

2

此刻,浪花的忧伤和风暴

已悄悄融化,大地下沉

像岩鹰张开翅翼。我看到

一滴滴水在微光中反复诵读。

时空幽寂,缀满呓语和星辰

燃烧的蔚蓝在湖面起伏

群山喧响,反射着私语和波光。

3

落日与湖水在黄昏相恋
它长满光芒的手指
安详地抚摸湖面,时光弯了弯腰
折返波光里的一声声鸟啼。
微风在湖面絮语,湖水写给
天空的镜像,舒卷迷人的皱褶。
黄昏镶着金边,落日如一枚浆果
飞舞的色彩发出轻微嗥鸣。

4

再抬高一寸,就是你的湖岸
是你世界的边缘,游鱼喋喋湖色
但湖色却走丢了爱情,而你的秋天
突然迷失在纷纷扬扬的心事。
青冈木正以流水的速度回到夏天
它们要回到欲望和风的故乡
山毛榉的理想沉迷于梦境
折叠进幻水的倒影高过了青春。

5

众水的国度,水鸟翩飞成缕缕秋色
鸟羽上的霞光游移在目力之外
冥想中的世界,重新回到秩序
万物围绕在众水中央运行。

6

流云的漂泊没有归期
头颅再低一点,湖水就可以
漫过眉梢,水中的物像神不守舍
当涟漪清亮,体态丰腴的秋天
轻盈地化身为一张大网
在湖面撒开山光水色。
私藏钓器的人守在岸边,觊觎着
湖水的软肋,鱼群在波影中
自由滑翔,像在宿命的利器中穿行
鱼腥草也守在岸边,无数日夜
它们充当了野钓者的另类帮凶
湖水的襟抱,沉入深深的湖底
它们将悲悯和日光轻轻摇晃。

7

杨柳依依,皎洁的明月走不出
一阕宋词,当秋天的书柬
寄出了雁鸣,是谁在湖畔吟哦?
谁在一袭秋风中,听取不绝如缕的
蛙鸣?湖波里,《雨霖铃》缠绕着
柳永的千古落寞,《浣溪沙》
浣不尽李易安的绝世清冷。夜色明净
每一株柳树下,都有古人孤独的
灵魂在徘徊,他们缓缓地把盏临风。
水鸟的鸣叫将夜色逐渐加厚
湖水泛起凉意,笼罩着宽阔的
秋天。秋声在天际哗哗流淌
宿醉者蜷卧湖岸,怀拥满天星河。

8

狗吠声已沉迷于桂花的芬芳
大地为秋天精心准备的献词里
一行薄霜烛照着远行人,他们憩息
在湖岸,翻检山重水复的风尘。

水丛竹临水自照,它们骨骼清朗
怀揣洁癖的族群逐水而居
这氏族柔韧坚毅,像那些世居
湖畔的乡民,日暮劳作,晨昏不息
在湖波中,洗浴一身疲累也洗浴
深锁的欲念,他们掰开一瓣瓣汗水
取出粮食和秋风翻动的丝丝虫鸣。

9
水菖蒲浅饮着流波,它们出生
在溪流边,是湖水最遥远的支系。
大湖从天而降,湖波浩瀚
在湖水与陆地之间,这些植物
从此柳暗花明。许多地名
都沉入了湖底,在宿命中随波逐流
它们是湖泊里的原住民:沙甸子
河坝、高炉、面坊、小学、沙湾
烂田丘、粮站、梅沙灌……
我仿佛能穿过湖波,看到那些
略带忧郁的表情。它们在湖泊里

构建的世界,只能属于这座湖泊
至今,我依然能从这些地名中
牵出悠扬婉转的声声牛哞。

10

绿烟袅袅,我凝望着湖面
时空早已溶解,湖鸟缱绻低飞
将整个世界化为一滴滴安静的绿。
湖波微微,这珠圆玉润的绝句
每一圈涟漪都在抒情,每一泓清波
都仿佛大地最自由明净的呼吸。
秋水长天里有王勃的千秋诗句
李商隐在《无题》中斜拥云鬓
当翁若梅湖面泛舟,霞光解开缆绳
雪藏深闺的女子,依然犹抱琵琶
一块碧玉刻满了迤逦的山川。

11

湖水环绕着天空,湖岸人家
升起淡蓝色炊烟。火棘籽、山黄荆

燃烧出大地上朴素的格言

渔船已经上岸，它们退出长江

及其支流，落霞松开了唱晚的渔舟。

荷锄者的憧憬再次把生活垫高

玉米回到家园，蔬菜渐次吐青

饱含深情的果树挂满多汁的江山

一行行鸥鹭盘旋在水面，它们

觅食、求偶，将湖岸线拖到很远。

12

老黄葛树在湖波里缓缓起身

它抖开枝叶，树干上刻满沧桑

这南国的居士，在无尽岁月中修行。

湖水日夜不息，濯洗它的脚踝

它俯下身去，仿佛在临渊羡鱼

拖曳的须蔓，演绎着鱼群的悲欢。

生命行囊里翻卷出的茶色花絮

哺育了一湖风光和远游的人

当它打开天空之湖的两地书

是谁在朗诵煦暖阳光剧烈风雨？

菊花里抚琴的隐士与树为邻
橙色秋风送来的乐谱树影婆娑。

13

这个湖泊,连接着天上的星河
天赋之水,从容、优雅,悬挂着
花朵般鲜艳的黎明。阳光在薄雾上
张开翅膀,它们要从一滴水里
倾听整个世界。昨夜的梦境
还挂在带露的枝头,每一缕清梦
都凝结成湖水和时间的模样
湿润,闪动深蓝色眼珠。它们在
阳光的背面,或者在不可感知的
宇宙背面,迈动细碎的脚步。
白天,星星们在湖泊里沉睡
当晚风吹拂,它们会在水波中起身。

14

绿波推搡着绿波,天光下潜
层层梯田,遗失了稻花和农耕

麻柳树尘封岁月的辛酸往事
在湖岸，湖水的远亲守着民谣
它们守着黄金的宫殿和蝶舞
水灵雀在宽阔的湖面灵巧戏逐
身体里似乎藏着一条潺潺溪流
那些老去的时光，鲜嫩的童年
徜徉在湖山之下。云雀婉转
嗓音上挂满了艳丽的云彩
它们用稻浪喂养秋风和族人。

15

一面湖泊展开后，记忆之水
偃息了溪流和往事。它们游移在
某段叙述中，隐去众多细节
惶恐、孤独、抑郁。时光荏苒
无数乡民长眠于湖畔，他们像
一茬茬庄稼，从湖水与鸡鸣中
抽出嫩芽，又凭借阳光与秋风
回归泥土。雨夜淅沥哽咽
仿佛能听见湖波在轻轻叹息

延伸的波纹唤醒了漫漶的亡魂
它们游走在遍布砾石的大地。
这大湖啊，养育了苦寂的生灵
又收回他们荒草般蓬松的生命。

16

丰茂的水草在秋天身姿飘逸
像荇菜卸下《诗经》里的月色。
阳光灿照，湖波叙述着
亘古云烟，众水踏波而行
恬静的湖泊，胸藏万丈惊涛骇浪
光明在星空下行走
一幅古老画卷，稻穗与麦香
凝聚生命的过去与未来。
大湖如梦，碧水蓝天充满欢愉
绿色交响奏鸣永恒连绵回声。